그대 곁에 좋은 계절이 머물기를
언제든 꽃을 피울 수 있게.

한신 2023. 12. 10

해마다 꽃은 핀다.
뿌리의 의지가 땅에서
멀어지지 않는 이상

이메일 vegabooks@naver.com **홈페이지** www.vegabooks.co.kr
블로그 http://blog.naver.com/vegabooks
인스타그램 @vegabooks **페이스북** @VegaBooksCo

잘 살고 있어요,
농담이에요

내성적인작가 지음

베가북스
VegaBooks

프롤로그

처음 겪는 생이라 모든 게 서툰,
우리 모두의 삶을 응원합니다.

프롤로그

처음 겪는 생이라 모든 게 서툰,
우리 모두의 삶을 응원합니다.

3년여에 이르는 시간 동안 매일 SNS에 글을 업로드하며 스스로 다짐했던 두 가지가 있습니다.

첫째는 단 하루도 빠짐없이 글을 쓰자, 끈기의 다짐이었고, 두 번째는 누군가와 나누고자 했던 처음 그 마음 놓치지 말자는 의지의 다짐이었습니다. 이런 다짐들로 시작된 글쓰기 여정은 기존의 나에게서 벗어나는 새로운 탐험이었고, 새로운 열정의 도화선이 되었습니다.

서툰 발걸음으로 시작된 저의 글이 세상에 얼굴을 내민다는 것은 놀랍고 감사한 일이지만, 돌아보면 여전히 부족함이 많은 글이라 조심스럽기도 합니다.

글이라는 도구를 빌려 많은 분과 마음을 나눌 수 있었고 그런 소통을 통해 제가 더 많은 위안과 위로를 받았습니다.
그에 보답하는 길은 처음 그 마음 그대로 변함없이 글을 써 내려가는 일이라고 생각합니다. 저에게 글쓰기가 삶의 새로운 변화를 주는 계기가 되었듯 여러분 또한 여러분만의 다짐과 의지를 통해 자유와 낭만이 가득한 멋진 삶의 여정이 펼쳐지길 기도합니다.

이 책의 글들은 일상의 삶에서 건져 올린 우리 모두의 이야기이자 질문입니다. 이를 통해 여러분께 1센티미터라도 내디딜 수 있는 용기와 1분이라도 생각할 여유를 드릴 수만 있다면 그것으로 만족합니다.

그리고 책을 덮었을 때 문장 하나하나 그대 마음 한편에 살아 있다면 좋겠습니다.

그랬으면 참 좋겠습니다.

2023년 11월
내성적인작가

말을 이쁘게 하는 사람을 만나길 바란다.
말이 이쁘다는 건 고운 정서를 지녔단 의미이며
그 고운 정서가 말이라는 꽃으로 피어난 것이기에.

1장

잘 살고 있어요, 사람은 어렵지만
관계에 관하여

1장

잘 살고 있어요, 사람은 어렵지만

관계에 관하여

삶을 살아 나가다 보면 자연스레 만나게 되는 작은 인연에 봄꽃처럼 마음이 피어날 때가 있다. 소박하고 정갈한 몸짓과 말투에 나 또한 그것에 스며들어 동화되는 느낌. 그렇게 느낄 때마다 다짐한다. 나의 정서와 태도는 나를 가까이서 보듬는 이들이 가꾸어주는 것일 수도 있구나, 그리고 나 또한 그런 이가 되어야지 하고 말이다.

나는 학창 시절부터 친구들과 어울려 대화 나누는 걸 좋아했다. 가족 다음으로 이어지는 관계의 시작이었다. 축구나 농구와 같이 땀을 나누는 놀이도 즐겨 했지만 대화나 수다만큼 서로의 마음을 비비우진 못했다. 쉬는 시간을 알리는 종이 울림과 동시에 너 나 할 것 없이 약속이나 한 것처럼 둘러앉아 시시콜콜한 이야기들로 교실의 공기 가득 채웠다. 유쾌한 수다는 꼬리에 꼬리를 물고 이어져 이후 점심시간, 방과 후까지 이어졌다.

대단한 이야기들이 오가진 않았지만 '친구'라는 유대감 하나만으로도 충분히 온기가 가득한 시간들이었다. 신기한 건 시간이 흘러, 각자의 고단한 삶을 일구어 가는 지금에도 그때의 그들과 자리하면 순식간에 그때의 나와 우리로 회귀한다는 사실이다. 주제는 조금 더 다양해지고 주름졌지만 여전히 시시콜콜하다.

나에게 있어 관계는 이처럼 언어의 결과 뜻이 닮은 이들과의 깊은 결속이자 어울림이었다.

뜨겁고 푸르른 시절을 지나 끊임없이 이어졌던 다양한 인간관계의 경험들은 나에게 나름의 깨달음을 전해주었다. 그 누구도 우연히 그 누구에게 걸음하지 않는다는 것과 모든 만남은 적당한 때와 그만한 이유가 있으며, 헤어짐에도 적당한 때와 그만한 이유가 있다는 것.

영원하고 무너지지 않을 것만 같던 관계조차 시간의 기울기에 미끄러져 서로를 체념하게 되는 때도 맞이하게 된다는 것. 어쩌면 가까워지는 순간 조금씩 멀어지는 게 관계가 아닐지 모른다.

"우리는 여전히 서로를 모르는 사람."

멀쩡한 사람은 아직 잘 모르는 사람뿐이라 했던가. 관계가 깊어지고 익어가면서 각자의 오랜 시간 축적되고 단단해진 지극히 개인적인 생활양식과 태도가 예의와 존중이라는 벽을 넘어 힐끔힐끔 고개를 내밀 때가 있다. 나와 상대방을 동일시하며 너는 이런 나조차도 이해하겠지가 아닌 이해해야 해와 같은 독선을 보이는 경우가 발생하는데, 이에 우리가 잊지 말아야 할 것이 있다. 우리 모두는 우리 모두에게 당연하지 않듯 모든 행동과 말 또한 당연한 것은 없다는 것이다.

사소한 말다툼, 오해, 간혹 자격지심과 시기와 같은 예측할 수 없는 작은 결점들이 얽혀 결국 관계의 균열과 몰락에까지 이르게 되는 경우를 종종 목격한다. 그런 관계의 상실과 허무는 미움과 원망으로 이어져 불신의 탑과 마음의 벽으로 둘러싸인 혼자만의 섬에 스스로를 가두어 고립되게 만드는 슬픈 결말로 이어진다.

　증오의 대상을 마음에 담고 살아간다는 것은 그 대상을 닮아 가겠다는 다짐과 다르지 않다. 용서는 온전히 그 사람을 이해하고 품어주겠다는 의미보다는 내 안에 자리한 증오와 분노를 놓아준다는 의미에 가까울지 모른다.

　관계라는 것은 각자의 종점을 지닌 이들이 함께 탄 버스와 같다. 그 누군가가 나보다 앞서 예고 없이 내린다고 한들 그들을 탓할 이유는 없다. 행여 내가 먼저 앞서 내린다고 해도 그들에게 손가락 받을 이유 또한 없다. 사람과 사람이 오랜 시간 유효한 관계로 이어진다는 건 사랑의 기적과 크게 다르지 않으며 서두에 언급했듯 모든 관계는 각자의 때와 길이가 있다.

　공감과 이해가 가득했던 관계는 안타깝게도 잿빛 흔적들을 남겼다. 당신이 그만큼 아프고 쓸쓸한 건 그 모든 것이 진심이었기 때문인지 모른다. 하지만 이러한 관계에 대한 이해와 마음 챙김을 통해 다시금 '나'와 '관계'를 조금씩 회복해 갈 수 있으리라 믿는다.
　그리곤 눈부시던 처음으로 돌아가 서로를 다시금 깊이 안아주기를.

　우리는 생에 마주하는 수많은 관계 맺음을 통해 깎이고 더해지며 자연스럽게 관계 속에서의 나다움을 형성해 간다. 그 대상의 시작은 가족으로부터이며, 이후에는 친구, 스승, 사회적 관계 등으로 확대되며 그런 다양한 주변인과 나누는 심적, 동적 교류를 통해 나도 모르는 사이

'나'란 존재가 자리하게 되는 것이다.

좋은 계절이 아름답고 향기로운 꽃을 피워내듯, 우리에게는 건강하고 온전한 관계라는 푸르른 환경이 필요하며 그 개개인 역시 누군가에게 영향을 미칠 수 있는 관계의 구성원임을 잊지 말아야 한다.

누군가가 나를 진심으로 이해해주고 사랑으로 보듬어 줄 때 나다움에 한 걸음 더 가까이 다가갈 수 있다는 것. 그리고 나 스스로를 정의하는 것도 내가 나를 이해하게 되는 계기 또한 타인, 즉 관계를 통해서 이루어진다는 사실을 깨닫게 될 때 우리는 관계라는 그 절대적 가치를 보다 풍요롭게 가꾸어 갈 수 있을지 모른다.

관계에 있어 그런 특별한 의미를 지니게 되는 관계를 우리는 '인연'이라고 말한다.

주
파
수

사람 간의 관계는
라디오 주파수와 같다.

듣기 싫은 음악이 흘러나올 땐
무심히 채널을 돌리면 될 뿐,
굳이 그 관계의 채널에 머물 이유는 없다.

누구든 듣고 싶은 이야기가 있고
흥얼거리고 싶은 노래가 있다는 것이,
선택을 강요하는 이들에게
비난받을 일은 아니기에.

그런 사람

직업을 묻기보단 꿈을 먼저 묻는 사람
입은 옷보단 눈을 먼저 바라보는 사람
화려한 말보단 말 한마디에
진심이 담긴 사람
누군가의 작은 배려에도
먼저 감사함을 전하는 사람

그런 온기 품은 사람이 되길.

그럴 때가
있잖아요

그럴 때가 있잖아요.
저 사람은 왠지 잘될 거 같다
그런 느낌이 올 때가.

지금 당신이 그래요.

두 종류의
사람

세상엔 두 종류의 사람이 있다.

기억하는 사람,

기억되는 사람.

좋은 사람이
되어가는 건

좋은 사람이 되어가는 건
그리 쉽지 않아.

좋은 사람을 만나기가
쉽지 않은 것처럼.

그대를 고단함에
가두는 세 가지

결핍, 타인, 기대

그대를 고단함에 가두는 세 가지.

체
념

체념:
나의 나약함이 생각을 만났을 때

아
는
사
람

얼굴만 아는 사람이 아닌
서로의 마음을 아는 사람.

몇 명쯤 될까요?

말

말에 진심을 담고 싶다면
먼저 상대방의 말에
귀 기울여 보세요.
마음을 다해서.

그것이 습관이 되면
당신의 침묵마저
마음을 담게 됩니다.

조언과 충고

누군가가 쉽게 던지는
조언과 충고가
누군가에겐 마치

다섯 살 아이에게
비행기 엔진을 고치라는 말처럼
들릴 때가 있다.

뻔한 말

넌 할 수 있어.
난 널 믿어.
사랑해.
고마워.

곰곰이 생각해보면
그 뻔한 말들이
그 진부한 말들이
내 삶을 지탱해줬던 건 아닐까,
하는 생각이 들어.

남

타인을 규정하는 가장 차가운 단어

남.

사람이
귀찮은 게
아니라

사람이 귀찮은 게 아니라

그 뻔하고 지루한 관계가

귀찮은 거였어.

잇
지

말
아

요

잇지 말아요.
나그네의 옷을 벗긴 건
세찬 바람이 아닌
따듯한 햇살이었단 걸.

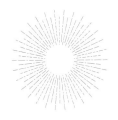

멋
진
일

내가 좋아하는 일이
다른 이에게도
좋은 일이 되는 것만큼
멋진 일은 없어.

후
회

어찌 후회 없이 살아갈 수 있을까?
다만 그 후회의 이유가
타인에 의한 것인지
나로 인해 비롯된 것인지는
구별해야 한다.

그래야 그 몫을 온전히 내가 짊어질 것인지

아니면
외면해야 할 것인지를 선택할 수 있으니까.

그대의
가능성을
의심하는

그대의 가능성을 의심하는
이들을 의심하기를.

가능성은 시작을 의미한다.

그 시작조차 부정하는 이들을
나는 두 가지 측면에서 의심한다.

일단 나보다 나에 대한
축적된 데이터가 없다는 사실과
그들은 사실,
내가 무엇을 하고 무엇이 되든
크게 관심이 없다는 사실이다.

니 마음대로 해

"니 마음대로 해."

이 말이 쓰이는 경우는
딱 세 가지 경우다.

상대방을 믿거나,
전혀 믿지 않거나,
관심이 없거나.

다가가
안아주자

침묵으로 시간을
견디고 있는 누군가가 있다면
다가가 말없이 안아주세요.

어쩌면
그 침묵이 누군가를 부르는
간절한 외침일지도 모르잖아요.

조언자의
자격

조언자에게도

자격이 필요하다.

그 자격은

대상을 향한

오랜 믿음이다.

너 변했어

"너 변했어."

변한 게 아니에요.
보이지 않던 게
보이기 시작한 거예요.

참
신
기
하
죠

참 신기하죠.

사소한 말 한마디와

작은 행동 하나에

마음이란 거대함이 움직이는 걸 보면.

적

누군가를 적으로 간주하는
그대의 마음이 그대의 적.

연연하지
말아요

스치는 관계에
너무 연연하지 말아요.

차창 밖으로 지나는
가로수 같은 거예요.

관
계
의 온
도

관계는 숙성의 과정과 같다.
그 과정이 무르익어 가느냐,
썩어 가느냐는
일정한 온도에 달려 있듯
관계 또한 마찬가지다.

너무 뜨거워도
너무 차가워도 안 된다.
적절한 온도가 지속되어야 한다.

좋은 관계를 위해서는 거리와 온도,
그 모든 게 적당해야 한다.

위
선

나의 위선이 누군가의 위선으로 투영될 때

그건 폐부를 짓누르는 잔인한 고독이다.

손
내밀어요

아무도 내 마음을 몰라주는 건
아무에게도 내 마음을 전하지 않아서겠죠.

아프면 아프다고
힘들면 힘들다고
외로우면 외롭다고
말하세요.

그렇게 용기 내어
손을 내미세요.

누구든 그 따듯한 손
잡아줄 수 있게.

마치 명화처럼

좋은 영화는 끝나고 나서야
비로소 시작된다고 하듯
사람과의 만남 또한 그러하지 않을까?

헤어짐 이후 스며오는
그 사람 영혼의 잔상이
다시금 그 사람을 추억하게 만드는.

오
늘
도

오늘도 네 마음이 건강했으면 좋겠어.

상처 주지도 받지도 않게 말이야.

당신은
좋은 사람
입 니 다

당신은 참 좋은 사람입니다.

하루에도 수십 번 그런 다짐을 하니까요.

아무것도 아닌 것이 아무것이었던,
소중한 것들은 항상 눈 아래 있더라.

2장

잘 살고 있어요, 행복은 모르지만

행복에 관하여

2장

잘 살고 있어요, 행복은 모르지만
행복에 관하여

우리는 삶이라는 낯선 길을 걸어간다. 그 과정에서 고단함과 행복이라는 일련의 사건들이 다양한 시공간에 자리하며 예고 없이 우리를 맞이한다. 고단함은 생의 걸음걸음에 부딪히는 돌부리겠고, 행복은 풀숲에 피어 있는 꽃과 나무일 테다.

삶의 여정에서 조금만 관심을 기울이고 주의 깊게 바라본다면 피치 못할 천재지변이 아니고서야 발길에 스치는 돌부리 정도는 피해 갈 수 있을 것이다. 곳곳에 피어난 꽃들의 향기를 맡으며 그늘이 드리워진 청록의 나무 아래에서 쉬어 갈 수도 있을 것이다.

중요한 것은 우리는 그 걸음을 계속 이어가야 한다는 것이다. 그 여정 곳곳에 숨어 있는 행복과 기쁨이라는 가치를 발견하는 것으로, 더욱 풍요로운 삶을 가꾸어 나갈 수 있다.

사실 행복은 이런 추상적이고 은유적인 표현으로만 이해할 수 있는 것은 아니다. 우리에겐 행복에 다가가기 위한 너무나도 익숙한 그리고 이미 실천하고 있을지도 모를 몇 가지 방법이 있다.

첫 번째, 꿈은 가슴 한편에 반드시 품고 있어야 한다는 사실이다.

여기서 말하는 꿈은 어린 날의 해묵은 동화가 아니다. 세월의 능선 어딘가에 흘리고 온 그 무엇 또한 아니다. 그대의 의지와 열정으로 나아가는 가치의 방향이자 목적지다.

알을 깨고 나오지 못한 새는 알이 곧 그의 무덤이 된다는 말이 있다. 꿈을 지닌다는 것은 이처럼 세상이란 태막을 뚫고 다시 태어나는 새로운 존재로서의 서막이자 스스로 외치는 다짐의 확언이다. 꿈은 심장 박동의 강력한 동력원이자 추진체다. 행복에 다가가는 가장 비밀스러운 열쇠다. 하루하루 생존만이 유일한 가치인 양 살아가는 회색빛 일상 속의 한 줄기 빛이고 희망이다.

물론 꿈이 없다고 해서 행복하지 말라는 법은 없다. 물 흐르듯 무던히 흘러가는 삶 또한 결코 나쁜 삶은 아니다. 다만, 그 반복된 일상이 지속되면 삶이 무료해지거나 회의적인 시선으로 세상을 바라볼 여지가 많아질 뿐이다.

두 번째, 원하는 그 무엇이 있다면 간절해야 한다는 점이다. 간절함이 이끄는 삶은 치열하거나 고단하지 않다. 그 언젠가 맞이할 행복을 위해 감내하는 인내의 삶이자 열정의 삶이다.

밭에 씨앗을 뿌리기 전에 반드시 해야 할 일들이 있다. 밭을 더욱 비옥하게 만들기 위해 거름을 뿌리고 밭고랑을 다듬는 일이다. 갈라지고 메마른 땅 위에 씨앗을 흩뿌린들 그 어떤 싹이 자라나겠는가? 시간과 땀이 스미지 않은 밭은 그 어떤 알곡도 허락하지 않는다. 절대자를 향해 수천, 수만 번 기도드린들 그대의 두 다리가 땅에 붙어 있는 한 그 어떤 기적도 일어나지 않는다. 두드려야 한다. 문고리를 잡고 흔들어야 한다. 그대에게 주어진 시간은 영원하지 않다.

세 번째, 그로 인해 얻은 행복을 감사함으로 누군가와 나누는 것이다. 행복은 소유하는 것이 아닌 행복이 자리하는 그곳에 내가 걸음하는 것이다.

그보다 더한 행복은 내가 머무는 행복에 누군가를 초대하는 것이겠다. 그곳에는 마음이 있을 것이고 위로가 있을 것이며 사랑이 있을 것이다. 그 나눔은 또 다른 나눔을 불러온다. 그렇게 이어지는 나눔은 우리 모두를 하나로 연결해준다.

나눔은 행복이란 가치의 적극적인 확장이다. 오롯이 나만이 누리고자 하는 행복은 그리 오래 머물지 않는다. 행복은 마치 살아 있는 생명체처럼 관계성을 지닐 때 더욱 견고해지며 오래 지속되는 묘한 속성을 지니고 있다.

불완전한 우리가 온전함에 다가갈 가장 근원적인 방법인 나눔으로 우리는 마음과 의식이 성장하는 기적을 맞이할 수 있다. 그 과정 속엔 언제나 그리던 행복 또한 그림자처럼 함께할 것이다.

행복을 낯선 것이라 여기지 않았으면 한다. 여전히 내겐 과분한 그 무엇인 것처럼 생각하지 않기를 바란다. 누군가는 여전히 품고 있고 누리고 있으며 지켜가고 있음을 잊지 않도록 하자.

모든 것은 우리의 의지와 실천에 달려 있음을 잊지 않았으면 한다. 행복하고 싶은 모든 존재는 행복할 자격이 있다.

봄이 되도록

그대가 지나는
그대가 머무는
그 어디든

봄이 되도록.

무지개

굳이 비가 내려야 볼 수 있더라.
빗방울이 차분히 내려앉은 후에야
그 찬란한 색들이 눈에 스미더라.
누군가의 선물이라 여기겠다.
세상에 젖은 몸 위로함이라 여기겠다.

낮은 곳

꽃을 보기 바라요.
꽃은 낮은 곳에 있습니다.

그대 곁에
좋은 계절이
머물기를

그대 곁에 좋은 계절이 머물기를

언제든 꽃을 피울 수 있게.

저녁노을

아침 햇살보다
저녁노을에 더 마음이 가는 건

그 아늑한 빛줄기가 마치,
수고했어, 라고 귓가에
속삭여주는 듯해서.

그냥
하는 거예요

인생에 특별한
비밀 같은 건 없어요.
그냥 하는 거예요. 그게 뭐든
그냥 하는 거.

흘러가는 곳

흘러가는 물길에 왜 흘러가냐 묻지 않듯
나를 스치는 모든 것에 이유를 찾을 필요는 없다.
다만 내가 고요히 흘러가는 그곳이 어디인지는
정확히 바라보고 있어야 한다.
조금 늦더라도 길은 잃으면 안 되니까.

매일 아침

그대와 내가
매일 아침
일어나야 할 이유가
있었으면 좋겠다.

기왕이면 그 이유가
희망이었으면,
꿈이었으면 좋겠다.

노을과 무지개

당신은 앞이 보이지 않는 이에게
노을과 무지개를 설명해줄 수 있나요?

귀가 들리지 않는 이에게
새소리와 파도 소리를 설명해줄 수 있나요?

애쓴답니다

부단히 애쓴답니다.

하고 싶은 것만 하고 살려고.

잊지 마세요

잊지 마세요.
당신은 당신이 생각하는 것보다
훨씬 강한 사람이란 걸.

안녕이라고
말하세요

이제는 보내주겠다 말하세요.
그대를 모질게 붙들었던 지난 기억들에게.

이제는 보내주겠다 말하세요.
주변을 품지 못했던 그 못난 이기심에게.

이제는 보내주겠다 말하세요.
더 나아질 게 없다며 한참을 홀로
서성이게 했던 그 잔인한 체념에게.

이제는
보내주겠다 말하세요.
안녕이라고 말하세요.

촉

촉:
심증적 데이터를 기반한 예감

너
답
게

너만의 속도
너만의 온도로
눈치 보지 말고
온전히 너답게.

익숙함의 끝

익숙함의 끝은
그리움의 시작입니다.

당연한 것들에
감사할 때

당연한 것들에

감사할 때

행복도 당연하게

다가옵니다.

감사함이
없는 행복

감사함이 없는 행복은
그리 오래 머물지 않습니다.

왜냐구요?

어느 때인가 그 행복도
익숙함이 되고 당연함이 되니까요.

행복은
그림자와
같은 것

행복은 그림자와 같은 것.

시선을 낮추면 항상 그곳에 있는 것.

내겐 너무
좋은 일

내겐 너무 좋은 일.

창을 두드리는 빗소리에
귀를 기울이는 일.

한낮의 따스한 햇살을
온몸으로 맞이하는 일.

고운 색 둘러 입은 꽃잎으로
온 마음을 물들이는 일.

그렇게
주어진 내 생의 나날을
매 순간 느끼고 집중하는 일.

익숙한 그 모든 것들에 감사하는 일.

빗
소
리

빗소리가 반가운 이유는
소란스러운 생각과 일상의 분주함을
푸근히 덮어주는 고마운 적막함이라.

새벽의 고요

새벽은
고된 하루를 보낸 이들에겐
선물과 같다.

특히 그 고요함이.

태
도

물질보다 변하지 않는
가치를 더 신뢰하는 그대의 태도가

그 누구에게나 친절로
먼저 손 내밀어주는 그대의 태도가

고단한 삶 가운데 숨어 있는
감사함을 찾아내는 그대의 태도가

그대의 삶을
바꿀지 몰라요.

허락하지
마세요

열등감, 미움, 원망, 증오.

모두 내가
나에게 허락한 거예요.

허락하지 마세요.
그딴 거.

마음에
그림자가
드리우면

마음에 그림자가 드리우면
삶에 여유가 없어진다.
여유가 없어지면 보이지 않고
들리지 않는 것들이 많아진다.

오렌지색 곱게 물든 저녁노을.
매일 밤 세상을 빛으로 쓰다듬어 주는 별과 달.
이른 아침을 부지런히 알리는 새들의 지저귐.
골목을 가득 채우는 아이들의 해맑은 웃음소리.

내 것이 아닐지도 모르는
헛한 근심들을 조금만 거두고
이처럼 빛나는 것들만 그대의 가슴에
차곡차곡 담았으면 좋겠다.

그랬으면 참 좋겠다.

마
음

마음:

생각이 가슴에 머물러 정서가 된 상태

친
절

누군가를 위해 엘리베이터 문을 잡아주는 일.
서빙하는 점원에게 감사 인사 전하는 일.
길에서 칭얼대는 아이에게 사탕 하나 건네는 일.

나에게는 작은 친절이지만
누군가에겐 큰 위로가 되는 일.

진부한 가정

오늘이 당신의 마지막 날이라고 합니다.
가장 먼저 하고 싶은 게 뭔가요?
그리고 가장 후회되는 일은 무엇인가요?

오늘은 생각하고
내일은 실천하도록 해요.
당신은 내일도 숨을 쉴 테니.

우리는
상처 받은 만큼

우리는 상처를 받은 만큼
예민해지고 겁이 많아진다.

하지만 이 또한 시간이 지나면
못난 기억이 될 테니
보다 건강한 마음 밭을 가꾸도록 하자.

마치,
한 번도 상처받지 않았던 것처럼
그 누구도 미워한 적 없었던 것처럼.

삶
의
풍
요

원치 않은 일 않고
보기 싫은 사람
안 보는 것만으로도
삶은 충분히
풍요로워진다.

우리 같이하자

어느 순간
한 사람을 위로하거나 변화시키는 일은
생각처럼 쉽지 않다는 걸 깨달았어.

그 사람의 오랜 시간 축적된 감정과 가치관,
당장 환경까지 개선할 여지가 내겐 없으니까.

하지만 노력은 해야겠지.
방관은 비겁한 일이니까.

그러기 위해
어제보다 더 나은 내가 되도록
하루하루를 곱씹으며 살아야겠어.

그렇게 나부터 준비해야겠어.
우리 같이하자.

느리게
간다는 건

느리게 간다는 건,
바람에 묻어온 꽃향기로
온몸을 물들이는 것.

느리게 간다는 건,
세상의 잣대로 나와
그 누군가를 평가하지 않는 것.

느리게 간다는 건,
지니지 못한 것에 집착하지 않고
가진 것에 감사하는 것.

느리게 간다는 건,
지나온 나의 걸음걸음에
나를 선명히 그려가는 것.

그렇게 나만의 속도로,
나만의 호흡으로
그렇게 나아가는 것.

미니멀 라이프

머릿속에선 못난 생각을 비워내고
입속에선 거짓된 말을 덜어내고
몸에선 오래된 지방을 걷어내고.

우리는
알고 있다

우리는 알고 있다
비는 언젠가 그친다는 걸 알기에
영원히 머무는 것이 아님을 알기에
그 빗소리와 풍경에 머물 수 있음을
언젠가 이 밤도 노래가 될 것임을.

충분히
멋진 하루

좋은 사람과

좋은 음악에

적당한 술이면

충분히 멋진 하루.

그리
살아가자

살아가자
때론 무심히
물 흐르듯

기쁘면 웃고
슬프면 울고
그리 살아가자

나를 둘러싼
모든 것에 감사하며

그 감사가
곧 행복이라 여기며

사랑을 말하세요,
그대의 서툰 몸짓으로
그대의 한결같은 마음으로

3장

잘 살고 있어요, 사랑은 두렵지만

사랑에 관하여

3장

잘 살고 있어요, 사랑은 두렵지만
사랑에 관하여

"우리, 사랑 많이 했잖아?"

오랜만에 친구들과 술자리를 가졌던 날이다. 어디선가 툭 누군가의 넋두리가 들렸다. 돌아보니 멀지 않은 자리에서 삼십 대 초반 무렵의 두 여성이 결혼과 사랑에 대해 나름의 현실적인 대화를 나누고 있었다. '사랑 많이 했잖아'라는 그 말 속에 지나간 많은 이야기와 쓸쓸한 사연이 담겨 있음을 오가는 목소리의 질감에서 충분히 짐작할 수 있었다.

단순히 지난 사랑에서 비롯된 회의감만은 아니었으리라. 이후로 간간이 대화 소리가 들렸지만, 사랑이라는 단어는 더 이상 들을 수 없었다.

우리는 얼마나 많은 사랑을 했을까? 형태는 어떠했으며, 그 사랑을 위해 어떤 노력을 해왔을까?

사랑은 소설 『소나기』에 나오는 소년, 소녀들처럼 순수한 시절이 아니면 불가능한 것일까? 우리가 기대하는 사랑은 영화와 같은 상상 속 이야기일까?

무엇보다도 먼저 질문해야 할 것이 있다. 사랑이란 축제의 주최자가 되는 '나'에 대한 이해다.

프랑스 작가 앙드레 모루아는 결혼의 성공은 좋은 상대를 찾는 데 있는 것이 아니라 좋은 상대가 되는 데 있다고 말했다. 이는 결혼에만 국한된 말이 아닌, 살아가면서 마주하게 되는 인간관계 전반에 적용되는 이야기일지 모른다.

내가 누구인지 모르는 상태에서 누군가를 만나는 것만큼 불안한 일도 없다. 이는 마치 설계도에 대한 이해 없이 건물을 짓겠다는 말과 같으니까.

나를 비롯한 서로에 대한 깊이 있는 이해가 전제되지 않는다면, 사랑이란 성은 언젠가 균열이 가고 종국에는 허물어질 수밖에 없다. 나를 향한 온전한 성찰 없이 누군가와 사랑을 구조화해가는 성급함과 타인으로 인해 내 삶이 완성될 거라는 착각은 서서히 본인의 자존감을 잠식하며 관계를 불안정하게 만든다. 사랑은 외로움과 결핍을 채우는 도구나 도피처가 아니다.

"아, 사랑."

사랑은 2천여 년이 넘는 세월 동안 철학자들과 예술가들의 가장 오래된 질문 중 하나였다. 나 또한 누군가가 사랑이 무엇이냐고 묻는다면 명쾌히 답변할 재간은 없다. 지인들과 만나는 가벼운 술자리라면 쉬이 말할 수는 있겠다. 내가 나이고 네가 너이듯 사랑 또한 그냥 사랑이다.

입가에 묻은 밥알을 말없이 떼어주는 것도 사랑이며 나의 푸른 새벽을 온통 누군가로 물들이는 것도 사랑이다.

지긋이 바라보는 눈빛에서 전해지는 한없는 믿음도 사랑이며 맞잡은 두 손에서 느껴지는 온기 어린 간절함도 사랑이다.

이렇게 사랑을 낭만적인 시선으로만 정의하고자 한다면 수많은 시인이 그러했듯 밤을 새워도 모자란다.

사랑을 정의할 때 사람들은 대부분 신비한 열정으로 가득한 '시작하는 사랑'에만 집중한다. 하지만 사랑이 어떻게 봄날의 꽃처럼 방긋 웃어주기만 하겠는가. 소중한 마음과 상실의 두려움이 한 몸이듯, 사랑 또한 어느 순간 두려움과 불안을 선사한다.

사실 불안할 필요는 없다. 열정으로 가득했던 사춘기와 같은 사랑이 어느덧 성숙이란 옷으로 갈아입을 때가 된 것뿐이니까.

그들만의 특유의 감성을 지닌 인간은 참으로 오묘하다. 때론 지극히 이기적이며 때론 한없이 이타적인, 관계에 지속적인 조화 역시 기대하기 어려운 존재다. 사랑도 마찬가지다.

서로의 감성과 가치관처럼 지극히 개인적인 영역이 완벽히 일치하는 경우는 기적이 아니고서야 불가능하다. 어느 정도 일치한다고 하더라도 일관된 관계의 깊이를 유지하는 건 쉽지 않다. 하지만 이 같은 서로의 간극을 줄일 수 있는 유일한 해법이 있다. 존중과 이해의 시작인 소통, 즉 대화다. 그 사람의 언어는 그 사람의 인격과 경험의 축적을 대변한다.

언어의 깊이가 사고의 깊이며 사고의 깊이가 곧 이해의 폭이다. 성숙한 대화는 이 같은 언어를 통해 스스로 내면을 투영시키고 성장시킨다. 이로써 우리는 상대방과 나를 동시에 이해할 수 있는 계기를 맞으며 그 이해와 존중을 바탕으로 사랑을 더욱 견고히 이어 나갈 수 있다.

상대방에 대한 확신과 믿음으로 이어진 사랑이 마음으로의 사랑이라면 언어의 깊이와 폭이 맞닿은 이들의 관계는 이성에 가까운 사랑이다. 성숙한 사랑은 인내와 지속적인 소통이 요구되는 이 둘의 균형과 조화 속에서 이루어진다. 이 같은 인내와 노력이라는 과정이 없다면 사랑은 어느새 욕망이란 이름으로 전락해버릴지 모른다.

우리는 다양한 사랑을 해왔다. 철부지 어린 시절의 풋내 나는 사랑도, 가슴 떨리는 순백의 짝사랑도, 영원의 시간을 약속했던 그 뜨거웠던 사랑도 해보았으며 감당할 수 없는 이별의 아픔에 베갯잇도 적셔보았으리라.

지나온 사랑은 추억이란 이름으로 가슴 한 귀퉁이에 깊이 스며 있다.

사랑은 여전히 어렵다. 앞서 말했듯 내가 누구인지도 모르는 상태에서는 더욱 그렇다. 못난 사랑에 눈물짓지 않기 위해서가 아닌 좋은 사람을 만나고자 하는 결연한 의지 때문이 아닌 모든 사랑의 주체인 나를 위해, 내가 가장 사랑해야 할 대상인 나를 위해 '나'에 대한 확신과 믿음이 필요하다.

이제는 우리를 웃게 하고 울게 했던 지난날의 사랑은 조금 뒤로하고 우리가 그리는 조금 더 성숙하고 온전한 사랑을 위해 마음과 생각을 건강히 가꾸어 갈 시간이다.

때가 이르러 인연이 닿았다면 보다 좋은 사랑을 하기 바란다. 서로의 언어와 몸짓에 집중하며 서로의 결핍과 나약함을 오롯이 품어주는 그런 사랑을, 상대방의 사랑이 나를 더욱 견고하게 만들고 나 자신을 더욱 사랑하게 하는 참 고마운 사랑을.

부디 그런
사랑이길

부디 그런 사랑이길.

노을빛 저무는 오후의 퇴근길
총총걸음을 앞세워 서둘러 집으로 가
이제 왔냐며 반갑게 기지개 켜는 강아지,
아침과 같은 미소를 건네주는 그대와
싸구려 와인 한 잔과 비스킷으로
알콩거리며 서로의 하루를 나누는.

너와 나, 부디 그런 사랑이길.

인
연

인연, 서로에게서 영원을 본 관계

재채기

넌 재채기 같아.

예고 없이 튀어나오거든.

이름을
물었다

네 이름을 물었다.

꽃이라 하더라.

내 이름을 묻더라.

너였다 하였다.

사랑이
두려운 이유

사랑이 두려운 이유는
변해가는 서로를
또다시 마주할까 봐.

그 뻔한 이별 걸음에
간절했던 모든 것들이
물거품이 되는 과정을
느려 터진 시간 속에서
필름 돌리듯 느껴야 하니까.

사랑한단
말보단

사랑한단 말보다

당신이 참 좋아라는 말이

더 진실되게 들릴 때가 있다.

그곳이
어디든

그곳이 어디든
대양을 넘어서라도
그대에게 가리다.

희미한 그대의
호흡 소리 들릴 때
그 소리길 따라
반드시 그대 앞에 서리다.

조금은 초췌하리니
억지웃음이라도 지으며
안아주오.

자?

사람의 마음을 뒤흔드는 가장 짧은 문장

자?

그랬으면
좋겠어요

작은 것에 감사할 수 있는 사람이면 좋겠어요.
강아지를 좋아했으면 좋겠고
지나가는 고양이에게 안녕, 하며 인사 건네는
아이 같은 사람이면 좋겠어요.

함께 늦은 영화를 보고
영화가 끝난 후 시원한 맥주 한 잔과 함께
밤새 이야기할 수 있는 그런 사람이면 좋겠어요.
산책을 좋아해 말없이 손으로 대화 나누며
함께 거닐 수 있는 사람이라면 더할 나위 없......

그래요. 전 욕심쟁이예요.

사
랑

사랑:

내가 너로 피어나는 기적

소소 사랑

하루하루가 설렘으로
가득 차 있지 않더라도
함께 손잡고 거니는 것만으로
그보다 더한 행복이
떠오르지 않는 그런.

뻔한 로맨스

뻔한 저녁을 먹으며
뻔한 하루를 나누어도
그 마음만은 뻔하지 않은
그런 뻔한 사랑이 좋다.

오로지
그대만으로

오로지 그대만으로
우리는 넘쳤다.

그대라는 밀물에
머리까지 푹 담겨
호흡마저 가빠오는
그 순간에도 난
발끝조차 딛지 못했다.

두 팔 허우적대는 그 순간에도
두 눈 멀어 앞서 걷지 못한
그 찰나에도.

그대이기에

그렇게

그대만으로
충분했다.

오늘 밤이
포근한 건

너와의 헤어짐이

무색할 만큼

오늘 밤이 포근한 건

기어이 봄이 와서인가.

왜
그
땐

너와 함께한 그 사소한 일상들이
내게는 거대한 뜨거움이었단 걸
왜 그땐.

길을 걷다
한 번쯤

길을 걷다 한 번쯤
마주치길 바랐다.

서로의 여전함에
뻔한 안부를 물으며
보고 싶었어, 라는 말보단
가끔 생각나더라며
괜한 너스레도 떨고 싶었다.

서로의 마음은 이미 오래전
그곳에 두고 온 듯한
그런 어색한 호흡 속에서라도
이 말은 꼭 하고 싶었다.

그때의 우리는 참 좋았더라고
그때의 우리에게 참 감사한다고.

미
련

미련, 남은
미련, 한

타
임
머
신

타임머신을 타고
10년 전의 나에게로 갈 수 있다면
만나서 어떤 말을 해줄까?

"생각보다 잘살고 있어."
"좀 더 열심히 놀아도 돼!"
"시간 날 때 틈틈이 여행도 가고."
"부모님께 더 잘하고 인마!"

근데,

10년 전의 내가

그 사람의 안부를 물어보면 어쩌지.

기
억

그해, 그 애.

페이지의
모서리

가슴 언저리에 꾹꾹 눌러 적어둔
그날의 우리를 읽어 내려가다 잠시
페이지의 모서리를 접어둔다.

그대의 미소가 적힌 그즈음.

그
리
운
나

어느 때인가 나는 내가 그리웠다.
우리였던 그때의 내가.

체하다

햇살이 구름을 베어낸 한낮,

예고 없이 가슴이 아릴 때가 있다.

고요한 성토를 내뱉고 난 후에야 다시금 숨을 고른다.

기억 귀퉁이 어딘가 툭 던져놓은 기억이 순간 목까지 차오른다.

뱉어내고 싶어 연신 마른 헛기침을 해보지만

목에 걸린 가시처럼 어김없이 네가 메어온다.

그렇다.

아직 넌 내게 머물러 있다.

유리처럼 날카로운 햇살이 스치는 순간에도

버젓이,

내 가슴 언저리가 마치 네 자리마냥

여전히 그렇게 머물러 있다.

술
을
마
시
고

술을 마시고 너를 떠올리는 건지
너를 마시고 술을 떠올리는 건지.

널 좀 빌릴게

쏟아지는 저 비를 핑계로
오늘은 좀 센치해져 볼까 해.
맘 한구석 숨어 있는 널 좀 빌릴게.

초콜릿

너는 달고
삶은 쓰다.

넌 내게
답이었어

넌 내게 답이었어.

다만 조금 늦게 풀었을 뿐.

$$f(x) = \sin x$$

웃고 만다

어깨에 걸린 햇살이
볼을 톡톡 두드릴 때면
나를 부르던
너의 재잘거림 같아
돌아보다 멋쩍어
그냥 웃고 만다.

새
벽
의

길
이

새벽의 길이는

널 품은 내 기억의 깊이.

내겐
축제였던

전장에 나가는
장수처럼 비장하게
수저 하나씩을 쥐고

온기 가신 밥과
남은 반찬,
고추장과 참기름 둘러
스걱스걱 비벼 먹던.

입가에 묻은 밥알 하나로
온종일 웃음이 넘실대던

너와 나.

내겐 축제였던
그 게으른 시간.

가장
슬픈 일은

세상에서 가장 슬픈 일은

날 그리워하지 않는 이를 그리워하는 일.

누군가를
만난다면

누군가를 만난다면

너를 너답게 해주는 사람이길.

사
랑
은

사랑은,
우아하고
고고할 때보다

철없고 투박할 때가
더 달콤하다.

이
별

이. 이제 그대란

별. 별이 지는 시간

서
툴
러

사랑이 서툴러
이별까지 왔는데
그 이별조차 난 서툴러.

그래 난,
아직 모든 게 서툴러.

사
랑
의
언
어

사랑은 나의 언어로 하는 것이 아닌
곱게 쌓여가는 우리의 언어로 하는 것이다.

너라는 기적

기적은 책이나 TV 속에만 존재하는
마법 같은 이야기인 줄로만 알았다.

하지만 어느 때인가
너라는 기적이 거짓말처럼 내게 다가왔다.

네 입술이 전하는 모든 말은
내게 주술과도 같았고
너의 체온과 몸짓은 곧 나의 호흡이 되었다.

그렇게 너라는 기적은 봄바람을
가장한 폭풍으로 내게 다가왔다.

봄이
되어줄게요

겨울에 머무른 그대여,

내가 봄이 되어줄게요.

환절기

봄과 여름

가을과 겨울 사이

우리는 계절통을 겪는다.

우리에서 나로

돌아가는 지금

난 너를 겪고 있다.

여전하다

고요한 호수에 빠지듯
어김없이 사랑에 빠졌다.

도망가듯 헤어나왔다만
온몸이 축 젖어 있어

애써 말려봤지만
누른 얼룩이 여전하다.

난 여전하다.

내 속에
뭔가가

내 속에 뭔가가 들어와 있어.
물먹은 솜처럼
너무나 먹먹한

너.

너와 나의
사랑은

꽃처럼 피다 지는 그런 사랑이 아니다.
켜켜이 쌓여간 서로의 흔적에
매 순간 입 맞추며
그 매일이 축제인 그런 사랑이다.

너와 나의 사랑은 그런 것이다.

그
리
움

내게 있어 그리움은

마치 하나의 시처럼

너로 나를 써내려 갔던 그날들.

별이 뜨지
않는 밤

별이 뜨지 않는 밤
나약한 빛을 빌려
찾아낸 너와 나,
우리의 조각들.

차갑게 타오르고
뜨겁게 얼어붙은
그 오래된 별처럼
우리는 찬란했더라
오래 눈부시더라.

틈

빛은
조금의
틈만 허락해도
제집마냥
비집고 들어온다.

너처럼.

멀어졌다는 것

누군가의 웃는 모습이
잘 기억나지 않는다는 건
서로가 충분히 멀어졌다는 것.

그대라는 시간

그대라는 시간을 관통하고 난 후로
나라는 시간은 거꾸로 흘러간다.

우리는
우리 것이었을 뿐

네가 내 것이었던 적도
내가 네 것이었던 적도 없었다.

그저,
우리는 우리 것이었을 뿐.

담
고
있
다

어스름한 새벽 한가운데
너라는 바람이 길을 내었다.

한숨으로 내뱉은
기억의 파편들이
그 길 한가운데 보란 듯
흩뿌려져 나뒹굴고,

한 줌 한 줌 다시 줍다
덜컥덜컥 낙하하는
초침 소리에 맞춰
텅 빈 호흡을 내어본다.

역시나
비우려다
담고 있다.

겨울의 변명

많이 추웠지?

난 그냥
너희들이 꼭 안고 있기를 바랐어.

진심이란 건

어쩌면 진심은 아주 사소한
몸짓일지도 몰라.

누군가의
단 한 사람

누군가의 단 한 사람이 된다는 것.

세상 가장 가슴 벅찬 일.

그냥 니 삶을 살아.
그래도 괜찮아, 생이란 게

4장

잘 살고 있어요, 삶은 고달프지만

삶에 관하여

4장

잘 살고 있어요, 삶은 고달프지만

삶에 관하여

"천국의 입구에서 신은 두 가지 질문을 하지."

"당신의 인생에서 기쁨을 찾았는가?"
"당신의 인생이 다른 사람들을 기쁘게 해주었는가?"

몇 해 전 보았던 <버킷리스트>라는 영화의 대사다. 시한부 선고를 받은 노년의 두 주인공이 서로의 버킷리스트를 이루기 위해 함께 모험을 떠난다는 이야기로 유쾌하게 이어지는 여정 끝에 나오는 이 대사는 지금까지 큰 울림으로 남아 있다.

삶의 목적과 의미에 대한 질문은 유사 이래 가장 오래되고 묵직한 문제다. 수많은 철학자와 예술가, 종교인이 제각기 다양한 해석과 깨달음을 전해왔지만, 삶이라는 주제는 여전히 우리에게 풀어가야 할 유효한 질문으로 남아 있다.

질문에 관통하는 답이 없다는 건 어쩌면 질문 자체가 잘못된 것일 수도 있다고 했던가. 삶은 그저 부지불식간에 주어진 것이기에 그 의미와 가치를 찾는다는 것 자체가 무의미하거나 인간의 지적 범주를 넘어선 일인지도 모른다.

인간은 여전히 존재와 삶에 관한 수많은 질문을 마주하며 살아간다. 어딘가에 있을 혹은 내가 바라는 정답만을 찾아 헤매다가는 정작 나다운 삶을 살지 못하는 안타까운 우를 범할 수도 있다. 막연한 고뇌로 방황하는 삶은 허무를 안긴다. 살아가는 동안 각자의 방식으로 지혜와 감응을 얻으며 인생을 설계하고 정의하는 것이 삶을 대하는 올바른 방향이자 태도일지 모른다. 주도적으로 의미를 부여하는 삶을 살기 위해선 그에 대한 깊이 있는 질문과 사색이 요구된다.

질문과 사색은 우리의 의식을 깨우고 성장시켜 주는 인간의 가장 경이로운 본성이다. 질문은 생각을, 생각은 행동을, 행동은 삶을 이끌 듯 질문에 대한 탐구와 논의만으로도 삶의 의미와 가치라는 본질에 더 가까이 다가갈 수 있다.

좋은 삶이란 무엇인가.

풍요로운 삶? 여유가 있는 삶? 꿈이 있는 삶? 사람마다 다양한 무게 중심을 지니는 삶의 관점은 단 하나의 정의로 규정하기 어렵다.

전 세계 인구가 77억 명이라면 77억 개의 다양한 관점과 시선이 존재할 것이다. 개인이 기대하고 욕망하는 삶의 철학적 사유와 의미는 각자의 실체적 삶과 어울려 제각기 고유의 빛을 낸다.

경제학자이자 사회운동가였던 스콧 니어링은 좋은 삶은 조화로운 삶이라 했다. 삶의 틀에 갇히거나 강요되는 삶이 아니라, 삶 자체를 존중하며 자연과 나, 세상이 조화를 이루는 고요하지만 용기와 도전이 있는 삶을 추구하며 살아갔다. 그들이 보여준 실천적 삶은 백 마디 말보다 더 큰 감명과 여운을 전해준다.

호흡하는 모든 존재는 아픔을 안고 산다. 때론 내 것이 아닌 누군가의 나침반과 저울을 곁눈질로 힐끔거리기도 하면서 말이다. 고단함을 짊어지고도 좋은 삶이란 무엇일까라는 질문을 끊임없이 던지며 살아가는 우리는 이미 좋은 삶을 살고 있는 것은 아닐까.

누군가가 좋은 삶이 무엇이냐 물어왔을 때 한참을 머뭇거렸다. 내 삶의 절반에 이른 지금, 언젠가 그런 질문을 다시 받는다면 지금에 머무는 답으로는 말해줄 수 있겠다.

나에게 좋은 삶이란, 내가 지닌 가능성과 잠재력을 굳건히 믿고 나답게 살아가는 것, 세상과 나를 품고 있는 모든 이를 위해 보다 이롭게 살아가는 것, 어제와 오늘이 내 생의 모든 날이라 여기며 감사함으로 하루하루를 농밀하게 살아내는 것이라고.

그리고 생의 끝에 이르러 다시금 내게 묻고 싶다.

"당신의 인생에서 기쁨을 찾았는가?"
"당신의 인생이 다른 사람들을 기쁘게 해주었는가?"

어른 아이

우리는 여전히 그러하다.
어른이 되어버린 지금도
세상을 조금씩 알아가는 지금도
나의 섣부름에 누군가 다칠까
그 여린 마음 달래며

관계의 어긋남과
세상이란 고단함을
바닥에서부터 끓어오르는
외마디 한숨으로 가다듬는
그런 고운 나약함을 지닌 어른 아이다.

하지만

기억하자.
우리는 그러한 서툰 걸음 속에서도
가슴 떨리는 기쁨을 발견할 것이며
우리를 둘러싼 회색빛 시간 속을 지나
좀 더 나은 우리를 맞이할 것임을.

그렇게 우리는 우리다운 우리가
되어갈 것임.

가을

가을이 사락사락 걸어와
내 어깨를 톡톡 치더니
잘 지내냐 안부를 물었다.
그럭저럭이라 했더니
낙엽 몇 잎 쥐여주고 가더라.

눈물을
머금으려

눈물을 머금으려
고개를 들어 본 하늘은
까불지 말라며
햇살을 뿌려댔다.

퇴
근

평온함을 가장한
쓸쓸함이 밤하늘에 떠 있고

손가락 사이로 모래가 스며나가듯
온몸에 힘이 빠지는 하루.

지나는 길 위의 저 불빛은 누굴 위해
저리도 화려한지

무심히 친구라도 불러
소주 한잔하려 했지만

터벅 걸음이 이내
날 집까지 이끈다.

그렇다.
나는 오늘 참 고단하다.
니가 생각나는데도
그리움보다 피곤함이 앞서는

참 그런 날이다.

동물원

검은 창살에 갇힌
너의 나약함이
너의 그 체념이
마치 나를 보는 것 같아
애써 고개를 돌려보지만,
그 또한 겁먹은 외면 같아 돌아보면
넌 아무렇지 않은 듯
껌뻑껌뻑 내게 눈을 맞춘다.

고
독

고독:

내가 나에게 침묵하는 시간

비움으로
채우다

삶의 공허는 의외로
비움으로 채워진다.

상대적 박탈감, 행복에 대한 강박
지난날의 미련, 내일에 대한 앞선 불안
이런 헛된 무게를 덜어낼수록
삶은 선명한 가치들로 채워진다.

눈물이
한 움큼
고이는 건

갑자기
눈물이 한 움큼 고이는 건
그 무엇의 상실도 아닌
애증이 부른 탄식 또한 아닌

그냥
내 남은 생의 이유가
견딜 수 없이 뻔한
억지스러움일 듯하여.

겨울

가을이 가는 길에 친구라고
손잡고 오더라.
제법 한기가 있는 친구라며
겨울이라고 소개했다.

그땐 몰랐다.
지나온 길 잃지 말라고
눈꽃 수북이 뿌려주는
따듯한 친구란 걸.

망
각

실재하는 가장 큰 위로는 당신의 망각이다.

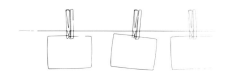

그리
살아가리라 믿는다

매번 돌아오는 금요일을 위해
살아가지 않기를 바란다.

목구멍까지 차오르는
그 고단함과 체념이
너를 삼켜버리지 않기를 바란다.

오랜 시간 함께한
너의 그 꿈과 열정이
내일을 기대하게 하는
그런 삶을 살기 바란다.

살기 위해 살지 말고
존재하기 위해 살아가길 바란다.
당신은 반드시 그리 살아가리라 믿는다.

어?

어? 하는 사이 어른이 되고
아! 하는 동안 늙어간다.

아가미

이곳엔 아가미가 절실했다.

버금버금 살아보겠노라
소금물을 연거푸 들이켜는
바닷고기처럼

나 또한 이 푸른 연막 속에서
호흡하게 해줄 아가미가 필요했다.

간사하게 생을 그리 구하더라.
삶은 곱게 주어진 것이라.
그렇게 거친 숨을 삼키며
애달프게 살아내려 하더라.

아픈 만큼

아픈 만큼 성장한다고 하더라.

근데 난,
아픈 만큼 겁이 늘었어.

다행인 건

나이가 들면서
아쉽지만 다행인 건
내려놓을 때를 알게 된 것.
그리고 그 내려놓음도
용기라는 것을 깨달은 것.

실
수

부지런히 실수해 보길 바란다.
기왕이면 새로운 실수만.

시
간
은

시간은 기억의 무게는 더하고
꿈의 무게는 덜어간다.

스스로
믿는다는 것은

나 자신,
스스로 믿는다는 것은
타인에 대한 믿음과 같다.

지속적인 가치 행위로서의
증명이 반드시 수반되어야 하며
동시에 맹목적인 믿음은
지양되어야 한다.

곧, 자신을 믿는다는 것은
스스로를 증명해내야 하는
일종의 책임과도 같은 것이다.

서로 닮아
있는 세 단어

서로 닮아 있는 세 단어

사랑, 사람, 삶

지 도 와 별

사막 한가운데에
놓인 이에게
물보다 중요한 건
지도와 별이다.

우리는
어른이었다

서쪽의 능선은 어느새 해를 머금었다.
지상에 남겨진 많은 이들이
해가 남긴 붉은 여운을 따라
가슴에 구겨 넣은 한숨을 끄집어내고

서러운 아이의 등을 감싸듯
내가 나를 품지 못함에
굳어가는 그 작은 울음들을
터벅거리는 걸음에 맞춰
툭툭 뱉어낸다.

그래,
우리는 어른이었다.
생의 고단함을
하. 하는 한 줌의 숨 하나로
대신하고야 마는

우리는 어른이었다.

지나치듯
사는 거야

그냥 지나치듯 사는 거야.

아무렇지 않게.

될성부른 나무

될성부른 나무는 떡잎부터 알아본다?

떡잎이 좋다 하여
반드시 좋은 나무가
되는 것은 아니죠.

그 떡잎은 좋은 계절과
좋은 땅에 오랜 시간 머물러야 합니다.
그래야 뿌리 깊고 건강한
나무가 됩니다.

어른이 어딨어

어른이 어딨어.
다들 어른인 척 사는 거지.

너무 애쓰지 마

너무 애쓰지 마.
사랑이든 꿈이든
최선을 다했으면 된 거야.
충분히 쉬고 다시 일어나자 우리!

나는 지지 않아

나는 지지 않아.
싸우려 하지 않거든.

늘 그래왔듯이

생은 반드시 길을 찾는다.
입술을 깨물고
살아만 있어라.
딱 그리만 하여라.

걱정 말아요

걱정 말아요,
어차피 해피엔딩이에요.

신을
의심하는 것이
아니라

신을 의심하는 것이 아니라
그 신을 왜곡되게 믿는 자들을
의심하는 거예요.

신을 진정으로 믿는 자들은
누군가에게 그의 존재를
설명하려 하지 않아요.

느낄 수 있게 하지.

그들의 삶으로.

자
기
합
리
화

수십 권의 책을 읽고
수백 개의 영상을 봐도
나와 내 삶이 변하지 않는
가장 큰 이유

자기 합리화.

그 날을 믿어

괜찮아서 괜찮은 것이 아니라
괜찮아야 하니까 괜찮은 거라는 거,
다 알아.

그렇게라도 우리 조금만 견뎌보자.
그리 묵묵히 시간을 견디다 보면
반드시 보란 듯 웃으며
기지개 켜는 날이 올 거야.

난 너와 그날을 믿어.

아프니까
청춘이다?

"아프니까 청춘이다?"

아니, 그들은 아직
아픔에 무뎌지지 않았을 뿐,
사실 우리 모두가 아프다.

다들
그렇게 살아?

우리가 조금은 경계해야 할 조언

"다들 그렇게 살아."

생각과 마음

생각이 시냇물인데
마음이 바다일 리가.

살
아
간
다
는

거

살아간다는 거,
생각보다 녹록지 않다 그치?
뭔가 잘못되어가고 있는 거
같기도 하고 말이야.

근데,
어찌 보면 그 수많은 과정과 노력 속에서
정작 소중한 걸 잊고 지냈던 건 아닐까,
하는 생각이 들어.

매일 아침 어김없이 비춰주는 햇살과
널 믿고 묵묵히 응원해주는 많은 이들,
그리고 너 스스로에 대한 믿음.

그래,
끝나기 전까지는 끝난 게 아냐.
넌 반드시 네가 간절히 그리던 세상을 보게 될 거야.
그런 감사함과 함께 꿋꿋이 나아간다면 말이야.

난 널 믿어.

라이트하게

맥주만 라이트 먹지 말고
삶도 조금은 라이트하게!
대충은 말고.

시간에
맡기라는 말

시간에 맡기라는 말
참 잔인하지.

시간은 특별히
우리에게 그 무엇을 베풀지 않아.

체념과 망각이라는 최면으로
기억만 덮어줄 뿐.

잘
살
고
있
어

"나 잘 살고 있어"라는 말,
"나 잘 견디고 있어"라는 말처럼
들릴 때가 있어.

든다는 건

나이가 든다.
철이 든다.
힘이 든다.
니 생각이 든다.

든다는 건 뭐든
쉽지 않구나.

뻔하게 느껴지는 건

내 삶이 뻔하게 느껴지는 건
나를 둘러싼 대부분이 뻔하기 때문은 아닐까.

생의 끝에

생의 끝에,
나란 존재가 누군가에게
어떤 기억으로 남길 원하는지 생각해보세요.

그것이 그대가 원하는
나란 존재로서의
삶일지 몰라요.

매너와 교양

매너가 아저씨를 아버님으로 만들고
교양이 아줌마를 어머님으로 만든다.

．
．
．
．

평
온

평온:

너무 심려하지도 너무 들뜨지도 않는 마음

주인공

어찌 살던 그건 그대 마음이다.
다만 이것만 기억해주길 바란다.
그대가 주인공인 생의 무대는
단 한 번이란 거.

난 원래 그래

"난 원래 그래."

작은 변화조차 두려워하고
게으름 또한 합리화하는
나약한 이들의 핑계.

날
개

내 등 뒤에는
날개가 돋아나 있었다.
굽은 어깨 위로
힘겹게 뻗어 오른.

나는 알지 못했다.
내게 그런 날개가 있음을

깎아지른 절벽 아래로
떨어지기 전까지는.

선
택

도망치든가
극복하든가.

나는
살고 싶으니

달이 내어주는 은밀한 빛에
등을 기대어 버티는 새벽,
이방인의 탄식과 같은
낮은 울음으로 포효한다.

격렬하게 풀어헤친 내 안에
뻔하디뻔한 불순물들
다시 재조립되지 않을 것,
겁먹은 웃음이 잿빛이다.

경쾌하게 시들어가자.
뒤척이지 않는 꿈처럼 죽어가자.
정복되지 않는 시간의 초침에서
미끄러지자.

소화 못 할 여물 같은 다짐일 테니
내일도 이 끈질긴 허영에 닿아보자.

나는 살고 싶으니.

습
관

꿈을 꾸고 가꾸는 것도 습관이고
꿈을 방관하는 것도 습관이며
꿈을 향해 나아가는 것도 습관입니다.

뻔한 하루

아무렇지 않은 하루.
딱히 고단함도
그다지 외로움도
그렇다고 마냥 즐겁지도 않은

그렇게 오늘도
뻔한 하루를 채우고 있다.

언제부터였을까

언제부터였을까?
꿈이란 단어가 어색해진 게.

아마 어른이란 단어가 익숙해졌을 때쯤?

삶의 목표

누군가 내 삶의 목표가 무엇이냐 물었다.
난 얘기했다.
나아가는 것이라고.
다가올 행복과 고난을 정면으로 마주하며
묵묵히 앞으로 나아가는 것.
그게 내 지금의 목표며 의지라고.

지나가요

걱정 말아요.
다 지나가요.
가슴 시렸던 그때의 사랑도
내 하루를 얼어붙게 했던 그날의 아픔도

어? 하고 지나갔듯
그렇게 결국 다 지나갈 것들이에요.

고
단
함

고단함에서 벗어난 건지
고단함에 익숙해진 건지.

나답게

참 서툴게 살아왔다.
사랑도 꿈도.

조금 익숙해졌을 뿐
앞으로도 서툴겠지.

하지만 중요한 건
그 설익듯 어설펐던 시간들도
내가 사랑해야 할 삶이라는 것과
난 그 걸음을 멈추지 않을 거라는 것.
난 그렇게 나인 채로 걸어간다.

죽
음

수많은 불확실성 중
명확한 사실 하나.

우리 모두는 반드시 죽는다는 것.

답

항상 답은 있었어.

미루거나 외면했을 뿐.

투 정
말 아
요

어울리는 옷이
없다고 투정 말아요.

그대 몸이
문제일지도 몰라요.

신을
믿습니까?

신을 믿습니까?

누군가 나에게 물어온다.
난 항상 같은 대답을 해왔다.
"나는 신의 존재함을 전제로 살아간다."

이것은 단순히 신을 물질적, 실체적 접근의 이해가 아닌
절대적 가치 즉, 신이 지닌 그 가치를 신뢰한다는 의미다.

믿음은 있고 없고의 이분법적 판단으로 세워지지 않는다.
존재의 '가치'를 믿고 신뢰한다는 의미도 담고 있기 때문이다.
사랑, 희망, 믿음, 용서, 희생.......
보이지 않는 이 모든 가치처럼.

이렇듯
믿음은 존재의 물음보다 가치의 신뢰에 가까워야 한다.
존재가 품은 가치의 신뢰.

신
의

인
격

인간은 대부분
본인의 인격과 닮은 신을 만난다.

기억이란
드라마

기억은

시간이 지남에 따라

적절히 왜곡되거나 미화되어

결국 한 편의 드라마처럼 남는다.

다만

장르가 다양할 뿐.

모르겠다

뭐가 마음의 평온인지
잘 모르겠다.

요란한 마음을 철저히
외면해야 평온해지는 것인지

엉켜 있는 그 마음을 끝내
풀어헤쳐 재조립해야만
평온해지는 것인지.

멈춤의 때

멈춤의 때는
묵묵히 걸어왔던 내 지난날을 돌아보며
다시금 어디로 나아가야 하는지를 재설정하는
계기의 때입니다.

예기치 않은 벽에 부딪히든
오랜 걸음으로 몸이 고되어 잠시 쉬어가든
우리에게 어느 때인가 찾아오는
그 멈춤의 때를 우리는 지혜롭게
잘 보낼 수 있어야 합니다.

자의든 타의든 우리는 그 걸음을
계속 이어가야만 하기 때문이죠.

그 걸음걸음에
그대의 열정이
그대의 꿈이
그대의 희망이
그대의 온전함이
묻어나길 기도합니다.

슬픈 넋두리

모순적이지만 슬픈 넋두리.

"산다고 정신없는데
사는 의미를 생각할 시간이 어딨어."

천천히,
서두르지 말고

, 잠시 쉬었다 가도 괜찮아요.

. 아직 끝이 아니에요.

? 자신을 의심하지 말아요.

! 당신은 반드시 멋지게 해낼 테니까.

참 다 행 이 야

참 다행이야.
한없이 보통인 내가
지극히 나인 채로 살아갈 수 있어서.

너무
간절했던 건

너무 간절했던 건 내 것이 아니었는지도 몰라.

모래 한 줌을 아무리 세게 쥐어도

금세 손가락 사이로 빠져나가는 것처럼.

척척박사

아무렇지 않은 척
태연한 척
강한 척
행복한 척.

잊지 말아요

잊지 말아요.

지금 당신과 함께하는
그 어떤 고난도
그 어떤 행복도

그 어느 것도
영원하지 않다는 것.

왜

왜 겁먹고 있어요?
결국 해낼 거면서
이겨낼 거면서.

폭죽

나는 여름날의 폭죽을 좋아한다.
무언가를 깨우는 듯한 그 장대한 폭음이
가장 화려할 때 사라지는 그 담대함과 의연함이
이후에 밀려오는 그 상대적 적막이

굳어가는 내 심장을 간지럽히는 듯해서.

바른 것을
가까이하지
않으면

바른 것을 가까이하지 않으면
생각이 바르지 못하다.

생각이 바르지 못하면
말이 바르지 못하다.

말이 바르지 못하면
관계가 바르지 못하다.

관계가 바르지 못하면

외롭다.

빗소리가
듣기 좋은 때

빗소리가 듣기 좋은 때는
비를 맞지 않았을 때다.

향
기

먹는 음식에 따라
몸에서 풍기는 향기가 다르듯

어떤 마음과 생각을 품었는지에 따라
영혼의 향기도 달라집니다.

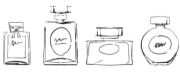

가끔은

가끔은 가슴이 먹먹한 채로
그냥 그대로 있어도 좋을 거 같아.

세상을 이기려 하거나
굳이 버텨내려 하지 말고

힘들면 가끔은 그냥
그대로 있어도 좋을 것 같아.

그렇게 쉬다 보면
다시금 천천히 너로 채워질 테고
세상 가장 빛나는 너라는 그 힘으로
그렇게 다시 시작하면 되니까.
그렇게 다시 걸음 하면 되니까.

감
동

감동:

진심이란 파동이 심장을 움켜쥐는 순간

달과 별의 위로

달과 수많은 별이 왜 매일 밤
우리를 비춰주는지 알아?

어두운 구석에서
혼자 울지 말라고.

Sustainable : 지속가능한.
당신이 할 수 있는 가장 멋진 최선은
그 무엇을 꾸준히 해나가는 일이다.

5장

잘 살고 있어요, 청춘은 아프지만
꿈과 젊음에 관하여

5장

잘 살고 있어요, 청춘은 아프지만

꿈과 젊음에 관하여

어릴 적 나는 호기심 많고 그림 그리는 걸 좋아하는 아이였다. 새하얀 도화지에 산과 바다, 꽃과 나무를 담아내는 시간이 호기심 가득한 꼬마 아이에게 가장 행복한 시간이었다. 아이에게 그림은 곧 세상을 바라보는 비밀스러운 창이었다.

그때부터였는지 모르겠다. 세상을 향한 호기심을 나만의 방식으로 혼자 주저리주저리 풀어내는 습관이 생긴 것이.

연필과 크레파스만 있으면 어디든 놀이터가 되었다. 자유롭고 거칠 게 없던 유년 시절이었다. 하지만 중학교 입학 후 짧게 자른 머리, 교복이라는 일련의 통제된 규율 속에서 성장하던 감성과 상상력은 자연스럽게 무뎌지고 있었다. 어쩌면 사춘기라 동글동글한 감성보다는 선명한 해답을 찾아다녔던 것인지도 모르겠다.

그래도 미술 수업은 나에게 작은 일탈을 준 특별한 시간이었다. 파마머리 단발에 건장한 체격이었던 남자 미술 선생님은 아주 엄한 분이었다. 하지만 오히려 그분의 날 선 차가움과 엄격함이 흥미로웠다. 예술을 향한 선생님의 애정과 미련이 그런 방식으로 투영되었으리라 생각하니 역설적이게도 조금 쓸쓸해 보이기도 했다.

그런 미술 선생님과 친해지는 계기가 생겼다. 학교 미술부 아이들만 나갈 수 있었던 전국 미술대회가 열린 것이다. 어디서 용기가 났을까? 나는 무작정 선생님을 찾아갔다. 처음엔 크게 당황하셨던 선생님도 당돌한 나의 모습이 기특했는지 옅은 미소와 함께 허락해주셨다. 감사하다는 말을 열 번도 더 넘게 외쳤던 것 같다.

막상 허락은 받았지만 무엇을 그려야 할지 막막했다. 전문적인 교육이 필요한 정물화가 대부분일 텐데 지금까지 내 맘대로 그리고 싶은 것만 그려왔으니 말이다. 고민 끝에 평소대로 보고 싶고 걷고 싶은 풍경을 그리고자 마음먹었다. 방문을 걸어 잠그고 적막한 방 안에서 꽃들이 만발한 봄 길을 그려대기 시작했다.

그 어떤 형식과 틀에도 구애받지 않은 자유로운 붓질이었다. 완성한 그림을 들고 선생님을 찾아갔다. 전문적이지도 않고 풋내 나는 그림이었지만, 조심스럽게 받아 든 선생님은 흐뭇한 표정으로 머리를 쓰다듬어 주셨다.

이후 내 그림은 제출된 수많은 정물화 가운데 유일하게 예선을 통과했다. 하지만 혼자서는 전국대회에 보낼 수 없다는 교장 선생님의 납득하기 어려운 지시로 예선 통과에 만족해야 했다. 본선은 갈 수 없다는 소식을 내게 전하실 때의 선생님 표정이 아직도 선하다.

그 일을 계기로 선생님과 나는 사제 간을 넘어 조금은 특별한 관계가 되었다. 미술실에서 사진 현상 과정을 보여주시거나 함께 군것질도 하면서 많은 대화를 나누는 등 좋은 추억을 남겨주셨다. 졸업이 다가오자 예술 고등학교에 지원했으면 좋겠다는 조언도 해주셨지만, 나는 일반 고등학교로 진학하였고 선생님과는 아쉬운 작별을 해야 했다.

돌이켜보면 그런 생각이 든다. 조그만 까까머리 아이의 순수한 용기를 흐뭇하게 바라봐주신 그분의 미소 덕분에 진심을 담은 자유는 힘이 있다는 확신을 아직도 이어가고 있는 건 아닌지.

때가 이르렀다면 여러분도 꼭 그리 해보길 바란다. 물감이 굳기 전에, 더 늦기 전에 당신만의 자유로운 붓질이 묻어나는 삶을 살아보기를.

궁금하지 않은가? 그대가 어떤 그림을 그려나갈지. 그리고 그로 인해 어떤 놀라운 일들이 눈앞에 펼쳐질지 말이다.

·
·
·
·

물감

중학교 시절,
특별활동으로 유화를 잠시 그렸는데
이것저것 그리다 보니
다른 색보다 흰색이 부쩍 빨리 닳더라고.
그래서 최대한 아껴 쓰곤 했는데,
그렇게 아끼다 보니 어느새
그 흰색 물감이 굳어 있더라.

꿈도 그런 거 같아.
아끼다 보면 굳어버리는 거.

마음껏 색칠해 보길 바라.
네가 원하는 모든 색으로.
더 이상 굳기 전에 말이야.

청춘

푸르른 풀잎은 언제나 쓰다.

그
대
라
는

젊
음

무뎌져 가는 그대의 젊음이
식어가는 그대의 심장이
온전히 그대 탓이 아니듯
세상의 모든 관념에 빗대어
스스로를 비난할 필요는 없다.

다만,
느리더라도 성장하길 바란다.
정체가 아닌 새로움과 설렘으로
어제의 그대에게서 조금씩 벗어나길 바란다.
시간이 지나 그대의 지나온 흔적을
흐뭇이 곱씹을 수 있도록

그리 천천히 그대만의 속도로
걸음하길 바란다.

도
전

당신은 실패자가 아니에요.

실패가 두려워

도전조차 안 하는 사람이에요.

치킨을
좋아하듯

당신이 치킨을 좋아하듯
당신이 스마트폰을 자주 보듯
그리하면 된다.

원하는 그 무엇이 있다면
그리하면 된다.

꿈을 찾으려
했는데

꿈을 찾으려 했는데
변명을 찾고 있었어.

꿈꾸기를
잠시 멈춘
그대에게

세상 사는 게 별거 없더라.

근데,

꿈조차 없이 살기엔 더 별로야.

적
당
히

꿈에서 멀어지는 세 글자.

"적, 당, 히"

때는 있다

때는 있다.
다만 그때가 눈앞에 다가왔을 때
잡을 수 있느냐 없느냐는
지금 당신이 당신의 하루를
어떻게 보내고 있는지를 보면 명확해진다.

그 고귀한 때를
멍하니 흘려보낼 것인가,
한 번에 거머쥘 것인가.

그대를
증명하는
두 가지

그대를 증명하는 두 가지.

그대 심장의 온도,
그대가 보낸 시간의 두께.

간절하지
않았던 것

그냥 간절하지 않았던 거다.

내 마음이 충분하지 않았던 거다.

꿈이든 사랑이든

그래서 놓쳤던 거다.

꿈과 의지

내 꿈은 맞고
내 의지는 틀렸다.

· · · · ·

멈추지 마라

멈추지 마라.
그대가 지금 멈춘다는 것은
그 시작의 단호한 용기와
오랜 고뇌를 담은
그대의 선택을 외면하는 것이다.

조금 느리더라도 멈추지 마라.
그대의 심장이 그대를 위해
끊임없이 약동하듯이.

포
기

지금 당신이 그것을 포기했다는 건
그 어떤 다른 것도 포기할 수 있단 얘기다.

젊음의 사명

무대 위 스포트라이트는
언제나 그대를 기다리고 있다.

자, 이제 장막을 걷어
그곳을 향해 걸어라.

걸음걸음이 바닥을 울려 바라보는
모든 이의 시선이 그대에게로 머물도록

세상 가장 멋진 모습으로 힘차게 나아가라.
이는 젊음이란 때를 지닌 그대의 사명이다.

최
선
은

저에게 있어 최선은
될 때까지입니다.

· · · · ·

사
실

명확한 사실 두 가지는
당신은 살아 있다는 것과

당신은 당신이 기대하고 원하는
모든 것을 이뤄낼 수는 없지만,

그 모든 걸 시도할 수 있는
존재라는 것.

과연 시간이
없는 걸까요?

"하고 싶은 건 많은데 시간이 없어요."

과연 시간이 없는 걸까요......?

...

시간이 없거든요

말은 쉽지

"말은 쉽지."

그래서 말이라도
계속하려고요.

될 때까지.

당신이
두려워해야
하는 것

당신이 두려워해야 하는 것은
실패가 아닌 멈춰 있는 그대입니다.

꿈에서 멀어지는 몇 가지 이유

우리가 꿈에서 멀어지는 몇 가지 이유.

첫째, 간절하지 않거나.

둘째, 아마 간절하지 않거나......

셋째, 분명 간절하지 않거나.......

실패하지
않는 비결

실패하지 않는 비결은?

가만히 있으면 됩니다.

쉽게
포기하지 말자

쉽게 포기하지 말자 우리.

오늘 안 되면 내일 또 하고,

그냥 될 때까지 나아가면 되는 거야.

조금 늦으면 어때.

넌 충분히 잘하고 있어.

이 정도면 됐어

그대를 영원한 평범 안에 가두는 말.

"이 정도면 됐어."

·
·
·
·
·

나아가고
있는 거예요

버티고 있는 게 아니에요
견디고 있는 게 아니에요
나아가고 있는 거예요

그대의
가능성은

그대의 가능성은
그대를 포기하지 않는
우주의 거대한 몸부림이다.

지치되 포기하지 말 것이며
좌절하되 반복하지 않기를 바란다.
더디더라도 걸음 하길 바란다.

그대의 꿈이 오라오라 손짓하는 그곳으로.

운동

운동하라.
심장의 약동과
꿈의 열정은 일정하게 비례한다.

늦은
때라는 건 없다

죽기 전까지
늦은 때라는 건 없다.

다만 우리가
언제까지 살아 있을지
아무도 모른다는 거.

대
충
의

힘

무엇을 하든 대충 시작하자.

다만 멈추지는 말고.

일단 가자

갈까 말까 고민될 땐 일단 가자.
그 길이 정답이 아니었다 해도
경험이라는 지혜는 얻을 것이고
끝내 가지 못함에 오는 후회 또한 없을 테니까.

.
.
.
.
.

살아간다는 건

세상이란 낯선 숲에 홀로 머무는 일
그 요란한 침묵 속에 나를 노래하는 일
수줍게 피어난 너란 꽃을 찾아 내는 일
내 지나온 걸음걸음에 입 맞추는 일

알
잖
아
요

알잖아요.
내가 뭘 하고 싶은지
어디로 나아가야 하는지.

모르고 있잖아요.
당신은 빛나는 가능성으로
가득한 존재란 걸.

열정의 3요소

심장의 온도.
노력의 밀도.
끈기의 길이.

미쳤다는 말

미쳤다는 말,

때로는 제대로
살고 있다는
말처럼 들려.

꾸
준
함

꾸준함,

그것은 나를 변화시키는

가장 위대한 힘.

3단 콤보

단단하게
단정하게
단호하게

단단해진다는 건

고단함과 상실에 무너지지 않는 것
두려움과 불안에 대응하지 않는 것
나의 불완전함을 깨닫고 품어 가는 것

소
질

소질이 없다는 말보다
의지와 끈기가 없다는
말이 맞을 겁니다.

·
·
·
·
·

여전히 청춘

UN이 정한 청년의 연령 기준
18세에서 65세까지.

여러분은 여전히 청춘이며
앞으로도 청춘입니다.

시
작

모든 시작은
두려움을 동반합니다.
하지만 시작 없이는
그 무엇도 당신을 변화시키지 못합니다.
우리, 한번 해보기로 해요.
지금 당신이 생각하는 그것.

에필로그

꿈, 사랑, 희망.
시간에 떠밀려 조금씩 희미해져 가는 것들일지도 모릅니다.
하지만 당장은 알 수 없고 깨닫기엔 미숙한
그 거대한 것들이 우리를 살아 있게 했고
나아가게 했고 꿈꾸게 했음을.
그리고 그 모든 것들이 우리 곁에 여전히
머물고 있음을 잊지 않기로 해요.
그대는 세상 유일무이한 존재이며 지금까지 잘 견디고
이겨온 지극히 그대다운 그대라는 것을 잊지 마세요.
이방인이 아닌 탐험가, 모험가의 열정과
의지로 당당히 나아가기로 해요.
이제 더 이상 뒤돌아 달아나지 않기로 해요.
우리 꼭 그리하기로 해요.

삶이라는 경이로움과 그대라는 고귀함을 위하여.

잘 살고 있어요, 농담이에요

초판 인쇄 2023년 12월 14일
초판 발행 2024년 1월 8일

지은이   내성적인작가
펴낸이   권기대
펴낸곳   ㈜베가북스

주소 (07261) 서울특별시 영등포구 양산로17길 12, 후민타워 6층, 7층
주문 및 문의 02)322-7241 **팩스** 02)322-7242
출판등록 021년 6월 18일 제2021-000108호
홈페이지 www.vegabooks.co.kr **이메일** info@vegabooks.co.kr

ISBN 979-11-92488-59-2 (03810)